AF309854

RAPPROCHEMENT

ENTRE

1599 ET 1830.

Illiacos intrà muros peccatur et extrà,

D'une part, et de l'autre on donne dans l'excès.

Dans ce qui est ici de moi, lecteur, ne vous attachez pas à mon langage ; mon éducation a été imparfaite ; mais à mon intention, elle est pure.

Quelquefois je copie littéralement l'ouvrage qui m'a inspiré ; d'autrefois je cite, et toujours je commente : emporté par instinct ou par conviction, je dis ce que je pense sans déguisement.

Inconnu jusqu'à ce jour, ce n'est point la sotte ambition de sortir de mon obscurité qui m'a fait prendre la plume : en voici l'occasion. Pendant les pluies continuelles qui ont fait déborder la Nied du 20 au 23 Juin, la Ire Partie d'une ancienne Histoire de France, par

---

Avis au Lecteur. Tout ce qui est en lettres *italiques*, dans cette Opuscule, appartient à M. Jean de Serres, auteur de l'Inventaire général de l'Histoire de France, imprimé à Paris, en 1599.

M. Jean de Serres, en 1599, m'est par hazard tombée sous la main. J'ai été frappé des rapprochemens que je pouvais faire de 1599 à 1830.

A cette époque Henri-le-Grand régnait, la ligue était dessipée ; mais un reste de levain de cette ligue fomentait encore. L'analogie de notre situation actuelle à celle où se trouvait alors la France m'a suggéré des idées ; je les ai tracées d'abondance de cœur, ne perdant jamais mon excellent guide de vue, empruntant même jusqu'à ses expressions, persuadé que dans une pareille matière, l'autorité de deux siècles est d'un poids irréprochable.

De 1830.

Est-il dans la nature de l'homme en général, ou seulement dans le caractère des Français de toujours aspirer à l'avenir, au changement, avec espérance de mieux ?

Voudrions-nous nous rembarquer, nous à peine échappés du naufrage ? Jettons les yeux sur le passé ; comparons-le au présent, et nous acquerrons la conviction que nous sommes mieux.

Nous ne faisons que de naître à une liberté réglée, appropriée à la secousse extraordinaire qu'a éprouvée l'Etat, à nos mœurs, à nos habitudes, et nous voudrions arriver d'un seul jet à la perfection. Oublions-nous que la perfection est l'œuvre du tems, et non du désir insensé des hommes ?

Il y a loin entre celui qui le premier a

fabriqué une pioche grossière pour ouvrir les entrailles de la terre, et celui qui le premier a poli un rasoir et l'a osé porter sur son visage.

Si en nos affaires de famille ou d'intérêt, nous ne faisons pas toujours tout à point nommé et à souhait, qui est ce qui peut requérir en l'Etat toujours même succès ?

Si flatter la maladie n'est pas la guérir, qui dira aussi que crier, que se plaindre avec excès, que se désespérer même, apporte plus de bien au malade ; il vaut mieux chercher le remède que d'irriter le mal par une inutile plainte.

L'imagination inquiète n'entre-t-elle pas pour beaucoup dans les causes de notre malaise ?

Si nous souhaitons la paix en l'Etat, ayons la premièrement en nous : cette paix particulière sera un fort bon gage de la paix générale, mais nous serons incurables, si nous croyons guérir le malade avec la fureur et le chagrin.

Si donc nous cherchons quelque solide préservatif aux maux dont nous nous croyons menacés, les annales de notre histoire, et principalement de nos quarante dernières années, sont sous nos yeux et dans notre souvenir. En nous les retraçant, considérons quelle a été la source de nos souffrances, de nos malheurs, et quel en a été le remède.

La liberté, l'égalité devant la loi sous le gouvernement monarchique et légitime, tel était le vœu de la France en 1788. La liberté

(4)

apparaît ; mais de même que le bonhomme Noé perdit la raison en buvant sans précaution le jus de la vigne qu'il goûtait pour la première fois, ainsi les Français énivrés à la première possession de la liberté, donnèrent dans des excès jusqu'alors inconnus.

Le principe du mal avait été la liberté dégénérée en licence : le remède fut la légitimité dont nous nous étions séparés. Nous avons fait le tour du cercle de 1790 à 1814, mais avec quelles tempêtes, quelles fatigues.

De l'usage de l'Histoire.

L'histoire, tableau fidèle du passé, le rendez-vous des divers évènemens, école du bien et du mal est en même tems le juge souverain des hommes et des faits.

Comme on présage la tempête par les nues qui s'amassent, par la sombre humidité de l'air épais traversé d'éclairs, étincelles du feu enfermé dans les nues, poussées par un vent impétueux et subit, ainsi il y a des simptômes de l'Etat politique qui présagent le choc qui se prépare, car il n'arrive pas tout-à-coup; mais les élémens dont il se compose s'étant ramassés peu à peu, éclatent au moment que leur masse devient supérieure à la force qui les retenait.

Si donc nous croyons être à la veille d'une crise, si nous voyons un conflit quelconque entre les pouvoirs de l'Etat, recourons à l'histoire, démélons une position analogue à celle du moment où nous nous trouvons, pour les comparer, et juger par les suites qu'a eues l'une, de celles que pourrait avoir l'autre.

Mais ouvrons nos propres annales et non pas celles des autres nations. Chaque nation a son génie, son esprit, son caractére, ses passions, en raison de sa position sur le globe, de son sol, de ses habitudes, de son éducation ou de ses préjugés. L'histoire d'Allemagne ou d'Angleterre servirait mal nos vues. Notre histoire seule sera pour nous le miroir fidèle qui nous retracera des évènemens nés d'élémens pareils à ceux dont nous redoutons l'influence.

Sera-ce alors pour rien et sans fruit que nous rappelerons le passé en lui comparant le présent en un tems où nous avons tant de besoin de consolation; ce fruit sera excellent si par la délivrance de nos pères et la nôtre récente *nous concluons et espérons la même.* Pour l'obtenir que nous faut-il? De la stabilité; maintenir tout ce que nous possédons.

Certes, en l'apparante menace de nouvelles calamités, nous ne saurions qu'être dans une affreuse perplexité de l'attente de l'avenir, si nous n'avions au-dessus de nous, devant nous et pour nous la Charte et la Royauté en sa lignée légitime.

Dans l'appréhension, à mes yeux non fondée, d'une nouvelle tempête, mettons tous la main à l'ancre de salut.

Que les exemples si fortement retracés dans notre histoire ancienne et moderne, nous servent aujourd'hui d'un bon et sûr guide. Si l'orage menace le trône, la légitimité, la Charte et nous, ainsi le trône, la légitimité et nous, avons l'expérience ancienne et éminemment récente de ce que peuvent et le Roi légitime et la partie saine de la nation, unis d'intentions immuables et pures pour le salut du trône et la stabilité de nos institutions. Car, aussi le Roi, premier magistrat et premier citoyen, est intéressé au maintien de l'ordre établi, comme nous le sommes au maintien de la légitimité et de la Charte, pour vivre heureux et respectés sous leurs ailes puissantes et protectrices.

De la Royauté en France.

La Royauté en France a devant elle la renommée, l'antiquité de la possession qui se perd dans la nuit des tems ; pour elle, la justice et la reconnaissance des peuples ; pour soutien, ses trophées de paix et de guerre ; pour triomphe, la Charte.

Si ce n'est pas d'aujourd'hui que la France est en peine, ce n'est pas d'aujourd'hui non plus qu'elle est fort peu sage ; ni d'aujourd'hui qu'elle sent le secours de son gardien qui la conserve, qui répare sa folie, qui la remet à flot : sans cette main protectrice dès long-tems elle serait rayée du rang des nations.

Charles Martel, Pépin-le-Bref l'ont arrachée des mains des sarrazins ; Charles VII de celles des anglais ; Louis XI l'a délivrée de l'anarchie des grands vassaux de la couronne ; Henri IV l'a sauvée des fureurs de la ligue, et

Louis XVIII l'a retirée sanglante des ongles du léopard anglais et des serres des aigles du nord.

Louis XVIII, Prince revêtu des vertus royales, sage pour le conseil, magnanime dans l'adversité, doux pour le pardon des fautes quand l'oubli était nécessaire pour le bien et le repos du royaume ; Prince réunissant les grands talens propres à la restauration de l'Etat désolé par l'invasion des armées ennemies, par la longue fureur des guerres civiles et étrangères, ayant tout à redouter de l'animosité des émigrés et des vieux républicains qui se trouvaient en présence ; la France était au bord de sa ruine, elle en a été miraculeusement sauvée par la sage prudence de ce Roi législateur et conciliateur.

Que n'avons-nous pas vu depuis quarante ans ? Si notre gloire militaire, aussi nos maux ont été supérieurs à ceux de nos ancêtres, comme eux néanmoins nous n'en avons été guéris que par un retour franc et sincère à la légitimité. Si la secousse a été plus violente, le remède a été plus éclatant, la réconciliation plus intime, et la Charte, gage indestructible, assure à la France une prospérité inaltérable.

La Charte, voilà l'arche d'alliance, après quarante ans passés dans le désert.

Aussi nous, hommes de près de 60 ans, pouvons-nous dire avoir vécu au tems des miracles : la postérité admirera en frémissant, l'histoire de notre tems, comme la partie la plus signalée, la plus remarquable du corps entier de notre histoire.

Nous mêmes ne démentirions-nous pas volontiers nos souvenirs, quand la mémoire nous retrace cette série d'évènemens incroyables : *ne démentirions-nous pas bien souvent nos yeux ou nos oreilles en la lisant ou l'écoutant, lorsqu'elle nous remonte sur le théâtre pour nous représenter ce dont nous avons été acteurs ou témoins occulaires et irréprochables.*

S'il en est un qui regrette un passé qui ne peut revenir ; s'il en est un qui rêve encore comme ont rêvé son père et ses oncles, ou comme il a peut-être rêvé lui-même il y a quarante ans, ou le gouvernement absolu, ou les lois de Sparte, d'Athènes ou de Rome antique ; que celui-là relise et médite les annales de nos quarante dernières années, *pour adoucir cette fièvre continue qui a sucé jusqu'à la moelle toute la vigueur de cet Etat, et ne voudrait le laisser encore :* si c'est sans frémir qu'il puisse reporter les yeux sur le cratère encore fumant de ce volcan ; si c'est sans gémir qu'il peut contempler ses ravages et les cendres dont il a couvert tout ce qu'il a pu atteindre, je le renie pour un être doué de raison.

De la Légitimité.

La France, suivant le témoignage des historiens les plus anciens et dont l'autorité est irréprochable, a toujours été gouvernée par des Rois.

La succession a constamment été héréditaire de mâle en mâle, du père au fils, du frère au frère, du plus proche parent au plus proche parent, dans la ligne directe; non seulement les enfans en ont joui sans dispute, mais même les Français dans leur attachement inaltérable pour leurs Rois, ont révéré le ventre de leurs reines, devenues veuves étant enceintes, attendant quel serait le fruit qui en sortirait.

De fait, la raison, l'autorité, l'expérience montrent évidemment que la royauté héréditaire est meilleure que celle qui dépend du choix ou de l'élection des peuples.

L'homme ne peut vivre seul. La société consiste en commandement et obéissance : de cette source est née la royauté. Par la même force de nature, ce qui se faisait dans la famille, s'est fait dans la royauté, fort peu étendue dans le principe, où le Roi pouvait tout connaître par lui-même.

La royauté héréditaire, inhérente à la France, est la plus ancienne comme la meilleure forme de gouvernement, quand le Roi est père de son peuple, selon l'ordonnance de nature.

Qui est-ce qui ne peut toucher au doigt par l'expérience des siècles passés et celle de nos quarante dernières années, les preuves visibles de cette vérité. Les pays ou Etats qui avaient retenu ou ressaisi la liberté d'élire leurs Rois, ont trop senti à leur dépens les dangers et les malheurs inséparables de leurs tempestueuses élections. Pour nous arrêter à un seul exemple étranger, mais voisin de nous, la Pologne n'existerait-elle pas en son intégrité si la royauté n'eût été élective en cet Etat ?

(10)

Et si la France a été au bord de l'abîme,
n'est-ce pas pour avoir quitté son guide légitime et naturel ?

*On nous opposera ce qui ne se peut nier,
que les Français avaient anciennement le droit
d'instituer et destituer leurs Rois, comme on
l'a vu tant par les Rois élus aux Etats et
portés sur des pavois que par les illustres
exemples de Pépin et de Hugues-Capet.*

La réponse est vraie et claire. En ces tems
ténébreux il n'existait point de Charte com-
plette, écrite, donnée par le Roi et agrée par
la nation.

*Le consentement des Etats n'était que le
sceau de la prérogative naturelle due à nos
Rois légitimes : leur déposition ou rejet était
une déclaration de leur fainéantise qui les
rendaient indignes du droit naturel dont ils
avaient été honorés par leur naissance, pour
avoir rendu l'autorité royale faible et mépri-
sable en leurs personnes par leur indolence et
leur nullité, l'abandonnant sans pudeur et sans
honte aux mains de ministres prévaricateurs.*

*La nécessité, le danger de l'Etat, son salut
forçaient d'avoir recours alors aux Etats-
Généraux* dans le sein desquels germaient ces
grands corps politiques *qui* aujourd'hui *affer-
missent et assurent le pouvoir royal en le ba-
lançant.* Ces Etats *étaient comme un conseil
de famille contraint de donner un tuteur à un
père furieux. On préferait à bon escient le
bien public à l'intérêt particulier d'un homme
vicieux, SANS REJETTON LÉGITIME, ne conservant que le nom de son illustre race.*

J'appuie sur cette circonstance sans rejetton légitime ; *car Childéric III, déposé et fait moine, en la place duquel fut élu Pépin-le-Bref, n'avait point d'enfans : Louis V , auquel succéda Hugues - Capet, mourut sans laisser d'héritiers. Charles de Lorraine, héritier présomptif de la couronne , en fut privé d'une voix unanime par les Etats - Généraux composés de la noblesse , des députés des provinces et des villes, pour sa félonie manifeste.* Il était prouvé que ce Charles de Lorraine *avait dérogé, à la dignité de Prince du sang français ; en prêtant foi et hommage à l'Empereur d'Allemagne , et ce qui pouvait encore moins se pardonner, qu'il avait joint ses armes aux siennes , pour ravager la France , et il fut rejeté.*

C'est pour la conservation des Etats *que la loi ne fait vraiment le Roi, c'est sa naissance ;* ainsi la loi de nature fait le Roi , la loi écrite le confirme et le soutient : autrefois il était proclamé et porté sur un pavois ; aujourd'hui sacré en présence des grands Pouvoirs de l'Etat, il jure d'observer fidèlement la Charte constitutionnelle : autrefois le Roi recevait le serment d'obéissance, aujourd'hui Dieu et la nation reçoivent le serment du Roi.

De l'Autorité Royale.

La puissance paternelle a été le modèle de la puissance royale. Toutes deux dans le principe étaient absolues.

La modification opérée dans la puissance paternelle par les codes civils, s'est fait sentir dans la puissance royale par l'institution des constitutions. Toutes deux n'ont conservé de suprématie que celle que la nature, la religion, la loi et la reconnaissance commandent ; ainsi toutes deux, partant du même principe, ont également, par la force des choses et le progrès des lumières, perdu leur absolutisme.

L'autorité royale définie et réglée par la loi fondamentale de l'Etat, élève tellement le Roi au-dessus des autres qu'il ne peut s'en séparer, ni en être séparé sans danger commun, aussi le Roi ne meure jamais. Car qu'est-ce qu'un Roi sans sujets, qu'une tête sans membres ; et qu'est-ce qu'un royaume sans Roi, qu'un corps sans tête. *Le Roi veille sur l'Etat, comme la tête veille sur le corps ;* et réciproquement le Roi est inviolablement conservé par l'Etat, comme les membres veillent incessamment à la conservation de la tête. *En cette union intime la puissance du Roi se fortifie de celle du peuple et son commandement de l'obéissance volontaire de celui-ci.*

De la stabilité des Gouvernemens en raison de leur forme.

Dans cette thèse que je soutiens en faveur de la royauté et de la légitimité, je ne dois m'attendre à aucune objection de la part des grands de la terre ni de celle de leurs partisans. Il n'en est pas de même à l'égard de ceux qui, sans acception de peuple, de pays, de mœurs et d'habitudes, rêvent le gouvernement démocratique comme le gouvernement perfectionné, apte à toutes les nations.

Quel contre-sens, quelle absurdité, va me dire l'un d'eux, de nous rebattre cet axiome insensé, qu'un peuple ne peut exister et se maintenir sans Roi. Voyez de nos jours les États-Unis d'Amérique et la Suisse. Je croyais qu'il allait me dire, voyez Sparte, Athènes, Rome.

Monsieur le républicain, j'admire les États-Unis, qui sont encore à leur berceau, comme on admire Rome antique dans son adolescence et sa virilité. Le caractère, les mœurs, les habitudes des descendans de Penn se soutiennent : le climat leur est favorable. Cependant qui nous garantira qu'en s'agrandissant comme elle y tend de jour en jour, cette république n'aura pas le sort de celles dont envain aujourd'hui vous recherchez les traces.

La république d'Athènes fut le berceau de la civilisation, des sciences et des arts ; elle les porta au plus haut degré de splendeur ; elle était l'astre des lumières : néanmoins la civilisation, les sciences et les arts n'ont pu empêcher sa ruine ; ce météore éclatant a disparu, et la monarchie française va toujours grandissant en lumieres comme en gloire, grâce à la royauté héréditaire et légitime.

Quant à la Suisse, je l'estime plus que Sparte, car elle n'a point d'ilotes. Tant que les Suisses conserveront leur pauvreté, leur probité, leur simplicité, ils ne seront l'objet de la convoitise ni d'un voisin puissant, ni d'un citoyen ambitieux.

Mais si l'on dit depuis longtems, autres tems, autres mœurs ; moi j'ajoute, autres peuples, autres gouvernemens.

La France comme presque tous les Etats de l'Europe, *s'est formée des débris de l'empire romain.*

Dès sa naissance elle est gouvernée par la royauté héréditaire : c'est sous l'égide puissante et tutélaire de cette forme de gouvernement qu'elle traverse quatorze siècles, donnant les plus rares exemples de dévouement au milieu de l'anarchie, de fidélité au milieu des trahisons, de constance et de magnanimité dans les revers, ne désespérant jamais de la chose publique ; la révolution même, le plus monstrueux, le plus brillant, le plus désastreux de tous les météores qui ont paru sous le ciel, n'a pu détruire le corps entier de la nation. Eût-elle cédé à l'Europe entière en défendant son Roi légitime, et sa Charte constitutionnelle ? Non, elle en eût triomphé ; pour faire éclater sa toute-puissance, *elle n'a besoin que de bon ménage et d'harmonie.*

Depuis quatorze cens ans le Français est habitué à la royauté légitime ; une habitude si invétérée serait d'autant plus difficile à détruire, que de quelque côté que le Français se tourne, il se convainct que ce n'est qu'en conservant cette royauté héréditaire et légitime, qu'il est seul resté debout au milieu du déluge universel qui a changé la face de toutes les nations du globe. La France seule, de tous les Etats de l'univers, n'a point subi la loi commune imposée aux choses humaines,

(15)

de naître, croître, décroître et disparaître, pour de ses élémens dispersés former d'autres in-dividus. *Le Français n'a jamais été dépossédé que par le Français, les dinasties ont pu changer, mais non la forme du gouvernement.*

Prophétie de la Charte, par M. DE SERRES, en 1599.

Y a-t-il jamais eu ou royaume ou république avec de plus belles lois que notre monarchie. C'est l'épreuve et bâtiment relevé du patron (modèle) de l'Etat, tel que les plus sages politiques ont pu le dessiner en l'académie.

Un chef souverain avec une autorité absolu-ment souveraine, mais affermie d'un pouvoir si bien attrempé (modéré, modifié) par la contre-balance de ses subalternes autorités, qu'on peut à bon droit appeler la royauté française une température de tous les gouvernemens légitimes de la chose publique, par une proportion du tout si bien réglée, si les lois de son gouvernement sont bien observées; voulant que chaque membre ait sa place au corps de l'état, et par con-séquent que le consentement des peuples qui apportent leurs biens et leurs vies au Roi, soit tenu en son degré.

Cette prophétie me paraît plus claire et plus précise que beaucoup d'autres, et elle se faisait sous Henri IV, il y a DEUX CENT TRENTE ET UN ans. Que de rapprochemens heureux entre notre bon Henri et le Roi législateur !

Balance des Pouvoirs.

Louis XVIII s'était pénétré de ces deux maximes d'un ancien sage :

» Une autorité qui n'a de compte à rendre » à personne est pernicieuse à celui qui com- » mande et à ceux qui sont commandés, etc.

» C'est une voix digne de celui qui com- » mande, d'obéir à la raison. «

Louis XVIII, en pondérant les trois grands pouvoirs qu'il a établis par sa Charte, n'a point eu en vue d'abolir un pouvoir absolu qui n'était pas dans nos lois, qui n'était ni dans nos habitudes, ni dans nos mœurs, mais d'empêcher qu'il ne fût envahi par quelques-uns de ses successeurs comme il l'avait été par aucuns de ses prédécesseurs.

Louis XVIII a rendu annuel, par l'institution des deux Chambres, ce qui n'était que précaire et forcé à des époques désastreuses, où le pouvoir royal sentait le besoin de recourir à l'appui volontaire de la noblesse et du peuple.

Louis XVIII, dis-je, intimement pénétré, et par la raison et par l'expérience, de la vérité des deux maximes que je viens de citer, a établi les deux Chambres, *brides légitimes et salutaires des Rois et le contre-poids nécessaire de leur autorité.* C'est pour nous préserver de nouveaux désastres qu'il en a mis immédiatement sous nos yeux et dans nos mains le préservatif assuré, la Charte constitutionnelle.

La Chambre des Pairs et celle des Députés

ayant été instituées pour contre-balancer l'Autorité royale, et rendre impossible le retour au régime absolu, on en peut déduire, sans craindre de faire erreur, que réciproquement l'Autorité royale et la Chambre des Pairs sont des barrières opposées aux tentatives que pourrait faire la Chambre des Députés pour nous amener à la démocratie ; et par contre, l'Autorité royale et la Chambre de Députés, deux autres barrières pour arrêter toute tendance que pourrait avoir la Chambre des Paire à l'oligarchie.

Ainsi en admettant comme possible à l'Autorité royale le projet de ressaisir le pouvoir absolu, vous lui voyez opposés deux grands pouvoirs, celui de l'aristocratie et celui du peuple.

En admettant comme possible à la Chambre des Pairs le projet de se former en oligarchie, deux grands pouvoirs lui sont opposés, celui de l'Autorité royale et celui du peuple.

Et en admettant comme possible à la Chambre des Députés le projet de se former en république, elle rencontre également deux obstacles insurmontables, l'Autorité royale et l'aristocratie.

Donc en quelque conflit que ce soit, celui des pouvoirs qui voudrait porter atteinte à la Loi fondamentale de l'Etat, peut et doit être, par les deux autres pouvoirs, forcé de rentrer dans les limites de ses droits consacrés par la Charte.

Du Gouvernement du Roi.

Lorsque la Loi fondamentale de l'Etat a donné au Roi seul la puissance exécutive, elle lui a laissé toute la latitude possible de faire le bien, elle lui a nié la possibilité de faire mal.

D'après le préjugé de la raison le Roi nait bon, d'après la loi il est essentiellement bon ; mais il peut être mal conseillé ? mais il est homme ? Il est vrai : aussi comme nous ne sommes plus au tems d'Abraham, tems heureux auquel un bon Roi pouvait tout voir par lui-même, la Loi fondamentale a donné au Roi le droit de nommer les Ministres dont il a besoin ; ces Ministres sont responsables ; et les contre-poids de l'Autorité royale sont là, qui, la Loi fondamentale à la main, peuvent et doivent dire à des Ministres soupçonnés de trahison ou de concussion, *nec plus ultrà* ; nous vous accusons, nous pensons que vous avez mal géré ; justifiez-vous, la procédure fera connaître au Roi si vous êtes dignes ou non de sa confiance, et alors il vous conservera ou vous chassera.

Il est des gens qui pensent que ce qu'on appelle le gouvernement du Roi, serait mieux nommé gouvernement des Ministres ; s'il n'était que le respect dû à la royauté, ne la doit point faire considérer comme l'ancienne poupée ou Doge de Venise.

Cette erreur est grave ; le gouvernement ne serait plus monarchique : au moyen de la responsabilité des Ministres , définie d'après cette manière de voir , les Ministres ne seraient plus les Ministres du Roi , mais en effet ceux des Chambres , et en particulier de celle des Députés , de laquelle dépend principalement l'impôt. Les Ministres ne peuvent ressortir des Chambres que du moment qu'ils sont mis en accusation.

Je me fais , moi , une toute autre idée du gouvernement du Roi. Je vois le Monarque tenant le timon de l'Etat , les yeux fixés sur sa boussole , la Charte ; il juge soudain au travail de ses Ministres s'ils veulent lui faire faire droite ou fausse route , et il est insensé celui qui peut penser que le Roi debout au banc de quart , embrassant d'un coup-d'œil toutes les manœuvres du bâtiment de l'Etat , ne ferait pas précipiter à fond de cale le maître d'équipage qu'il soupçonnerait seulement dis-posé à donner un ordre capable de compro-mettre et le pilote et le navire.

Si l'on s'offense de cette comparaison que je fais d'un ministère à un maître d'équipage , j'avoue que je n'en ai pas trouvé de plus sim-ple , et que je serais fort embarassé pour lui assigner une autre place dans le navire ; car le degré de hiérarchie de l'état-major du navire appartient de droit aux deux Chambres. Or , de tout tems on a comparé l'Etat à un vaisseau dont le Roi tient le timon : si le Roi peut être comparé à un pilote , les Ministres le peuvent être aux maîtres qui font exécuter les manœu-vres d'après les ordres du capitaine.

Ainsi je me dis aujourd'hui : le Roi a reuvoyé M. de Villèle, c'est qu'il l'a jugé ennemi de la Charte, parce qu'il tentait de restreindre les droits qu'elle assure à tous les Français indistinctement. Le Roi a renvoyé M. de Martignac, c'est qu'il l'a jugé ennemi de la Charte, parce qu'il lui paraissait se laisser entraîner à restreindre la prérogative royale, et le Roi a choisi M. de Polignac, pensant que celui-ci se renfermerait purement et simplement dans l'esprit de la Charte, telle quelle, déterminé à ne rien accorder à la démocratie ni au pouvoir absolu.

De la Prérogative Royale.

A cette époque heureuse ou fatale, suivant la différence des opinions, on a crié d'une part que l'Autorité royale était compromise, de l'autre que la Charte était menacée : et pourquoi ces cris ? Parce que le Roi usant de sa prérogative, a pris pour conseillers des hommes de son choix.

Ces hommes, dit un parti, sont connus par leur antipathie pour la Loi fondamentale, leurs antécédens les doivent faire repousser, on doit leur refuser le budjet.

Ces hommes, dit l'autre parti, sont seuls capables d'aider le Roi à sauver le vaisseau de l'Etat menacé par de nouvelles tempêtes révolutionnaires.

N'oublirait-on pas un peu trop d'un et d'autre côté que le Roi est le Chef suprême ? que de pareilles déclamations outragent et son caractère personnel et l'exercice libre de sa prérogative ? oublie-t-on que la Charte est sous la sauve-garde du serment qu'il a prêté au pied des autels de Reims ?

Le Roi étant essentiellement bon , tout ce qui est bien est à lui et de lui. Tout ce qui peut porter atteinte à la Loi fondamentale de l'Etat , à sa prospérité , à ses libertés , au droit public des Français , appartient aux Ministres , quand même.

Le ministère Villèle paraissait déplaire à la France ; le Roi dans sa bonté , non pas celle que lui donnent et le préjugé de la raison et la loi ; mais dans cette bonté innée en lui , que nous avons tous pu reconnaître et apprécier dans ce qui lui appartient comme homme , dans l'impulsion de cette bonté à lui naturelle , le Roi a éloigné M. de Villèle. Le ministère qui lui a succédé , quoique ferme dans son attachement au Roi et à sa prérogative , a cru pouvoir faire ce qu'on a appellé des concessions au parti libéral. Concessions ou non , aucuns s'en sont émus ; les uns par crainte d'empiétement sur la prérogative royale , les autres par l'espoir de plus larges concessions.

Le Roi instruit par vingt-trois ans d'exil , a dû redouter de contribuer à rallumer un feu qu'il peut craindre de voir renaître de ses cendres fumantes , il a éloigné le ministère Martignac et a pris pour Conseillers ceux dont la dévise était PLUS DE CONCESSIONS.

Le ministère Polignac paraît , il est accueilli par les uns avec enthousiasme, par les autres avec fureur.

Les Chambres sont assemblées, le Roi témoigne des craintes ; on connaît les réponses des Chambres au discours du trône.

Le Roi attristé comme Père, offensé comme Roi dans sa prérogative, proroge les Chambres, puis dissout celle qui se permet de lui dicter des lois.

De ce moment on ne cesse de corner aux oreilles, à la campagne comme à la ville, les uns que la révolution est proche, les autres que la contre-révolution est imminente.

C'est ici le cas de répéter l'épigraphe :

D'UNE PART ET DE L'AUTRE ON DONNE
DANS L'EXCÈS.

Le Roi a usé de sa prérogative royale en choisissant pour Ministres des hommes qui comme lui, je pense, croyaient au retour de l'anarchie ; car apercévoir trop d'alimens démocratiques dans une monarchie réprésentative, c'est y voir marcher à des troubles avant-coureurs de bouleversemens et d'anarchie.

Et en effet, la Chambre des Députés, emportée par un mouvement irréfléchi, le point d'honneur, a été dans le principe au-delà du respect qu'elle devait au Roi.

Le ministère Polignac lui semblait hostile ; mais l'était-il ? mais la Chambre des Députés avait-elle le droit de juger les Ministres ? Jamais ; la Charte le lui refuse, elle lui donne seulement celui de les accuser : il est de fait qu'elle les a jugés, nou à sa barre, mais devant l'opinion publique, et elle ne les a jugés que sur leurs antécédens. Etait-ce un motif suffisant pour les réprouver, les vouer en quelque sorte à l'exécration publique, au mépris de la prérogative royale?

Pour qu'ils fussent jugés, il fallait les accuser, pour les accuser il fallait des actes, des faits qui leur appartinssent comme ministres : ils manquaient, me dira-t-on; ne pouvait-on attendre, prendre patience, et au moment où on les eût pris à porter une main audacieuse sur l'arche sainte, les foudroyer. Alors la raison, le droit, le Roi eussent été du côté de la Chambre des Députés.

Mais, me dira-t-on encore, vouliez-vous que la Chambre des Députés livrât le budjet à des gens qui n'avaient pas sa confiance? Ces gens avaient la confiance du Roi, et c'était assez pour la Chambre dans ce moment. Oui, je voudrais que vous leur eussiez accordé le budjet, on en a livré bien d'autres; c'était le moyen de bientôt les connaître à fond dans leur nouvelle existence politique. C'était leur fournir des armes contre eux-mêmes, ou contre l'idée défavorable que vous aviez prise d'eux. Sont-ils les seuls qui aient changé de rang; il ne faut qu'un peu d'à-plomb pour fixer la girouette la plus légère; et cet à-plomb où le prendre mieux que dans la légitimité?

En ne laissant entrevoir dans cette réponse au discours du trône qu'une légère défiance de ce ministère, vous n'eussiez ni blessé le bon cœur du Roi, ni offensé son autorité; et si par les faits et les actes vous eussiez pu tourner en certitude les simples soupçons que vous eussiez eu jetés dans son esprit sur ces Ministres, vous l'eussiez vu le premier empressé de se joindre aux Chambres pour les punir, car le Roi aime la justice.

De la responsabilité des Ministres.

Jusqu'ici la responsabilité des ministres parait une chimère. On voit, il est vrai, dans la déclaration de Saint-Ouen, que les Ministres seront responsables.

L'article 55 de la Charte constitutionnelle, dit : que la Chambre des Députés a le droit de les accuser, et celle des Pairs de les juger.

Et l'article 56 : qu'ils ne pourront être accusés que pour fait de trahison ou de concussion, et que des lois particulières spécifieront cette nature de délits et en détermineront la poursuite.

Rien de plus clair, rien de plus positif : les Ministres sont justiciables des deux Chambres ; l'une pour les accuser, l'autre pour les juger.

Depuis seize ans, aucune loi n'a été présentée ou proposée à cet effet ; c'est une lacune dans notre législation ; c'est même je dirai une monstruosité dans notre siècle de voir, au milieu de la société, quelques individus en dehors des lois en raison de fonctions qui sont les plus rapprochées du trône. Dans un vaisseau, tous, officiers, maîtres, soldats et matelots sont responsables, chacun dans sa sphère, tous sont justiciables sur l'heure même du conseil de guerre, pour le moindre délit ; le capitaine seul ne doit compte qu'au Roi , comme le Roi ne doit compte qu'à Dieu.

La trahison, la concussion seraient-elles des délits impossibles à des Ministres du Roi?

Si le Roi législateur l'eût pensé , il n'en eût point parlé : comme cet ancien législateur qui ne fit point de loi contre le parricide ; un pareil crime répugnant à la nature.

Mais puisque la Charte a prévu le crime , comment n'a-t-on pas encore proportionné le châtiment ?

Craint-on d'affliger le Roi en lui soumettant un tel projet de loi ; ne serait-ce pas , dira-t-on , le supposer capable de faire un mauvais choix , de se laisser tromper ?

Louis XVIII n'a pas redouté ce soupçon , puisqu'il a fait de cette possibilité une des bases de sa Charte.

L'amour-propre est chatouilleux chez le commun des hommes ; rarement on le blesse impunément : que doit-il être chez les Rois ? Les grandes âmes n'ont point les faiblesses du commun : je préférerais offenser l'amour-propre d'un Monarque , que de blesser celui d'un sous-chef de bureau.

Cette loi sur la responsabilité des Ministres , serait-elle le grelot du conseil des rats , ou l'épée de Damoclès ?

On ne peut plus leur appliquer ce qu'en 1599 , M. de Serres disait en parlant des Ministres : *ils s'imaginent être les maîtres ; ne veulent démordre de l'autorité qu'ils ont en main , se persuadant que c'est leur bien propre*

par testament ou codicile. D'après cette per-
suasion, il n'y a rien de saint, rien qui ne
soit violable pour régner sous le nom du Roi;
tout respect cesse, chacun fait le Roi en son
département; pour un chef il y en a plusieurs;
chacun d'eux butine et laisse butiner les siens;
s'ils s'entendent, c'est en un seul point, celui
de tromper le Roi et fouler le peuple, ils ne
quittent point la place de leur gré, il faut les
en précipiter.

Ce langage ne peut convenir ni à l'époque
où écrivait M. de Serres, M. de Sully était
Ministre des Finances, ni à la nôtre; il ne
peut être applicable qu'à des tems plus reculés
de troubles et d'anarchie. Et en 1830 on ne
peut pas dire que les Ministres aient ainsi la
bride sur le cou. D'ailleurs la France a des
hommes probes, éclairés, joignant le désin-
téressement à la fiidélité au Roi et à la Charte.

Le ministère actuel, ce ministère tant dé-
chiré, réprouvé, n'imitera pas ses prédécesseurs; il se rendra justice en proposant cette
loi : il se la doit à lui-même; il la doit au
Roi et à la France, pour confondre ses ennemis.

Des on dit des uns.

Qui vous a dit que le ministère Polignac
voulût abolir la Charte? qui vous a dit qu'il
se traînait à la suite de cabinets ou ennemis
de notre Charte constitutionnelle, ou ennemis
de notre prospérité? qui vous a dit qu'il
n'avait d'autre politique que la leur? Je ne

vous dirai point, avez-vous entrée au Conseil, ou êtes-vous possesseurs de l'anneau mystérieux d'Angélique ; mais oubliez-vous que le Conseil est présidé par le Roi, que l'illustre et généreux Héritier du trône y assiste.

Où le ministère a-t-il laissé insulter le pavillon français, la dignité du Roi?

N'est-il pas en ce moment occupé d'une vieille dette que lui ont laissée ses prédécesseurs ; n'a-t-il pas entrepris de punir l'insolent algérien d'une manière éclatante.

L'abolition de la Charte est une chimère, c'est un épouvantail de chenevière que vous dressez aux regards des simples, des ignorans, des timides ; il n'y en a plus guères dans ce siècle, fort heureusement.

Le secours supposé de la sainte-alliance pour ce bon office, est un autre épouvantail de même genre.

Vous ne savez que trop, aussi bien que toute la France, que si jamais il se refaisait une sainte-alliance, ce ne serait pas pour rétablir l'autorité du Roi, que vous osez prévoir compromise ; que si ces messieurs revenaient, ce serait chacun pour leur compte : on sait, on nomme les province qui leur conviendraient assez. N'avons-nous pas vu, en 1814, des bons de vivres commençant par ces mots, *Russie française :* Dieu seul sait si les Bourbons conserveraient seulement l'Isle de France.

Primò gratis, secundò debet, tertiò solvet.

La première invasion n'a pas été tout-à-

(28)

frit gratis ; si la seconde a été cuisante, la troisième serait destructive.

Mais faisons trève à de pareilles imaginations ; elles affligent et serrent le cœur.

Toutes ces billevesées ne sont dans la tête que de quelques brouillons intrigans, non moins dangereux ennemis du trône que de la Charte.

Qui ne considère toutes ces sottises comme ces écriteaux suspendus à la porte des saltimbanques et des marchands d'orviétan ; ce sont pauvres gens, hableurs d'une puissante haleine, cherchant fortune, l'un d'une manière, l'autre de l'autre, toujours aux dépens de la bourse et de la santé du public ; ayant chacun leur scaramouche et leur pantalon, faisant en dépit du bon sens, assaut de jongleries dans leurs parades pour attirer les chalands : mais pour cela le temple de Melpomène n'est point désert, ni celui d'Esculape abandonné ; le bon goût, la raison n'ont point fui, et les hommes sensés paient d'un sourire de dédain les escarmouches que se livrent les aboyeurs des saltimbanques et des opérateurs.

Des on dit des autres.

Qui vous a dit que ceux-ci voulaient la république, ceux-là un changement de dinastie ?

Hommes de bonne-foi, pouvez-vous écouter et donner la plus légère confiance aux suppôts de quelques esprits remuans qui ne prêchent et ne cherchent le désordre que pour pêcher en eau trouble : semblables à ces voleurs de nuit, incendiant une maison au risque de détruire une ville entière, par l'espoir de profiter du tumulte et de la terreur pour s'enrichir de la ruine d'autrui.

Aux uns et aux autres.

Si quelques hommes égarés par l'ambition, la cupidité, de vieux souvenirs ou de perfides suggestions, pouvaient rêver encore dans leurs cabinets ou dans leurs conciliabules, renvoyons-les à nos annales, ils y verront que le flambeau de la Provence *, que la chandelle d'Arras **, ont été dévorés par l'incendie qu'ils avaient allumé ; s'ils sont incurables, laissez-leur la seule consolation qui leur soit permise, celle d'évaporer leur venin eu secret ; les magistrats veillent sur leurs écrits et sur leurs actions.

Pour nous rassurer entièrement, jettons les yeux sur notre France, et cherchons un seul coin de cette terre heureuse où ces fous pourraient trouver les instrumens propres à leurs sinistres desseins.

Où rencontreraient-ils maintenant des sans-culottes ou des fanatiques par milliers, car il leur en faut. Il n'y en a plus. Dans les grandes villes, possible qu'il y ait encore quelques gens sans aveu, sans état, ce qui est rare aujourd'hui, quelques fainéans ; ce qui l'est moins ; mais dans les campagnes, rien de tout cela maintenant.

---

* Mirabeau. ** Robespierre.

Voyez ce village, autrefois il comptait trois ou quatre grands propriétaires, et quarante à cinquante manœuvres ou journaliers, vivant chétivement avec leurs familles, dans de chétives cabanes, du travail qui leur était donné ou imposé par les trois ou quatre grands propriétaires : aujourd'hui dans ce même village, vous comptez quatre vingts ou cent maisons propres et commodes : à peine y trouverez-vous deux habitans sans propriété.

Les habitans des campagnes ne sont plus attachés à la glèbe, mais à leurs propriétés : ils ne sont plus disponibles, ils ne sont plus à la disposition d'aucun esprit de faction.

Si vous ne pouvez nier que la classe des propriétaires soit ainsi multipliée et aguerrie ; vous ne pouvez nier non plus les progrès de l'instruction et de l'industrie.

Le plus petit propriétaire tient autant et plus peut-être à sa propriété que le plus riche terrier. En est-il un qui ne bénisse le régime protecteur et doux qui lui assure la tranquille jouissance de ce qu'il possède, qui ne soit ami de la paix, qui ne frémisse aux seuls mots de révolution ou de contre-révolution, au redoutable souvenir des réquisitions, des dons patriotiques, des emprunts forcés, ou des dîmes, des coryées, des droits féodaux. Qu'un écervelé soudoyé ou fanatisé chante aujourd'hui la marseillaise ou ça ira, qu'il crie vive la république ou vive le roi absolu, croyez-vous que le paysan quitte son champ, sa maison, sa femme, ses enfans, pour faire chorus et suivre cet énergumène ? Le paysan rira de pitié, haussera les épaules : ou il a vu la révolution, ou son père, ses oncles lui en ont fait la douloureuse peinture.

L'ignorant dort, l'homme tant soit peu instruit veille, en dépit de la secte ténébreuse de l'éteignoir. La propagation des lumières a détruit le fanatisme religieux jusqu'au sein des montagnes : à la force des lumières s'est jointe l'expérience de notre guerre civile pour abattre le fanatisme politique. Depuis le règne de la Charte, chacun jouissant avec sécurité de l'égalité devant la loi, de la liberté de sa personne, de ses biens, de son industrie ; ces grands mots d'égalité, de liberté, qui ont ébranlé l'Europe il y a quarante ans, ont perdu leur prestige ; ils seraient sans effet aujourd'hui.

L'industrie a porté l'aisance dans les plus chétifs hameaux, où trouverez-vous des bras inutiles aujourd'hui ? Les fainéans seuls sont sans travail, les fainéans seuls sont sans culottes ; il y en a peu, et la police et les gendarmes les surveillent.

Convenez-donc avec moi, hommes de bonne-foi, que tous les élémens d'une révolution manquent aux songes creux, et qu'à la voix de Charles X, se leveraient trois millions de propriétaires instruits et bien vêtus, pour défendre la légitimité, la Charte et leurs propriétés contre la démocratie qui dévore ou la féodalité qui abrutit, contre le droit d'aînesse des anglais, l'arbitraire des prussiens, l'absolutisme du nord et les moines espagnols.

Oui, oui ; rassurons-nous, car nous avons

avec nous et pour nous Charles X., son Fils,
son Petit-Fils, et la Charte, sur leur front est
écrit, *in hoc signo vinces*. Rallions-nous au-
tour de ces gages sacrés de notre salut, placés
au milieu de nous, comme jadis l'arche sainte
au centre de l'armée errante du peuple de
Dieu. Serrons les rangs, et laissons venir et
les MADIANITES, et les ARABES et les PHI-
LISTINS.

De la crise actuelle en raison du refus supposé de l'impôt.

Quelques personnes qui viennent de lire
mon manuscrit, pensant qu'aujourd'hui, d'a-
près la composition de la nouvelle Chambre
des Députés, une opposition existe de fait,
m'ont proposé cette question :

» Si le Roi et la Chambre des Pairs étaient
» en opposition violente avec la nouvelle
» Chambre des Députés, qu'en arriverait-il ? »

J'ai prié ces personnes de relire le chapitre
où je traite de la balance des pouvoirs ; elles
ont eu cette complaisance et m'ont engagé à
développer davantage mes idées.

Je l'avoue, cette question, inspirée par le
désir de la concorde et le besoin de repos après
l'orage, toute naturelle qu'elle pût être, m'a
d'abord ému. J'ai près de soixante ans ; j'ai
traversé la révolution, je l'ai vu de près. A
cette question je me suis rappellé ce que j'avais
lu, je me suis retracé ce que j'avais vu ; la
réflexion m'a convaincu que les météores,
comme les hommes extraordinaires, n'appa-

raissent dans la succession des siècles qu'à
d'immenses distances l'un de l'autre ; qu'après
leur apparition tout rentre dans l'ordre naturel que leur présence seule avait troublé ;
que si quelques germes fermentent encore après
eux, la raison, l'expérience du passé en font
justice.

Ainsi donc je ne traite cette question que
dans la supposition du refus de l'impôt ; supposition que je fais à regret, regardant ce refus
comme la chose impossible, comme inconsti-
tutionnel, comme inadmissible aux yeux de
tout bon citoyen ; car loin de pressentir ce
refus de la part de la nouvelle Chambre, je
dois croire que ce refus n'était point dans l'intention de la précédente. Son respect pour la
Charte, si hautement, si souvent proclamé
par elle, lui faisait un devoir d'accorder le
budjet. Eût-elle osé violer les articles 23, 69
et 70, en refusant au Roi les moyens de maintenir et respecter les garanties consacrées par
elle.

La nature de l'opposition amènera la solu-
tion.

Si l'opposition avait pour objet une loi proposé par le Roi, autre que celle de l'impôt,
elle serait légitime et conforme à la Charte :
témoin la loi sur le droit d'aînesse. Une loi
proposée par le Roi, acceptée même par l'une
des Chambres, ne pouvant devenir loi si elle
est repoussée par l'autre Chambre.

Si l'opposition venait d'anticipation de la
part d'une Chambre précédente des Députés

sur la prérogative royale ; si une nouvelle Chambre persistait à s'immiscer dans le gouvernement du Roi, à entraver sa marche en repoussant des Ministres de son choix, qui ne seraient ni accusés ni en jugement, en refusant le budjet ; cette opposition serait illégitime, attentatoire aux articles 14, 23, 69 et 70 de la Charte, et conséquemment à la sûreté de l'Etat, dont elle compromettrait la tranquillité au-dedans et au-dehors ; car je ne me fie point à ces déclarations de non-intervention à main armée des grandes puissances dans les querelles intestines des États voisins.

L'art. 14 dit, que le Roi nomme à tous les emplois d'administration publique, qu'il fait les réglemens et ordonnances nécessaires pour l'exécution des lois et la sûreté de l'Etat.

L'art. 23, que la liste civile est fixée pour toute la durée du règne.

L'art. 69, que la solde des armées de terre et de mer, les pensions et retraites militaires sont conservées.

L'art. 70, que la dette publique est garantie, que toute espèce d'engagemens pris par l'Etat avec ses créanciers est inviolable.

L'impôt refusé, les garanties seraient sinon anéanties, du moins en péril.

On ne peut nier que sûreté de l'Etat doit s'entendre autant de la sûreté intérieure et du maintien de la Charte que de la sûreté extérieure.

La sûreté intérieure de l'Etat et le maintien de la Charte exigent impérativement que la prérogative royale soit conservée intacte et respectée. Le serait-elle si une Chambre nouvelle héritait de l'esprit de celle que le Roi, dans sa prudente sagesse, aurait cru devoir dissoudre ? faudrait-il recourir à une dissolution nouvelle ? ne serait-ce point en appeller d'autres à l'infini ? que deviendrait l'administration publique en l'absence de l'impôt refusé par dix Chambres qui se succéderaient immédiatement sans vouloir accorder le budjet au Roi ? C'est bien ici le cas de citer la morale de notre bon Lafontaine dans la querelle des membres et de l'estomac :

> On en peut dire autant de la cause royale :
> Elle reçoit et donne, et la chose est égale ;
> Tout travaille pour elle, et réciproquement,
> Tout tire d'elle l'aliment.

Conserver intacte et faire respecter la prérogative royale, base de la puissance exécutive, caution solidaire de toutes les garanties, n'est point marcher au pouvoir absolu ; loin de là, c'est se renfermer dans la Charte, c'est en vouloir la stricte observance.

Si les deux Chambres sont le contre-poids légitime et nécessaire de l'autorité royale pour rendre impossible tout retour au pouvoir absolu, on a admis cette conséquence de la balance des pouvoirs ; union de deux pouvoirs contre un pour le maintien de la Charte et de la tranquillité du royaume.

On obtiendrait aisément ce résultat en se renfermant invariablement dans l'esprit de la Charte, et il serait indispensable de s'y renfermer pour obvier aux désordres que ferait naître une mesure arbitraire, violente, un coup d'état enfin, si tel était le remède que l'on voulût employer dans cette crise.

Un coup d'état ébranlerait le trône au lieu de l'affermir ; un coup d'état n'est pas dans la Charte : un coup d'état finirait par mettre la nation entière du côté des opposans, qui crieraient de plus belle et avec motif alors, à l'abolition de la Charte.

Il faut observer plus soigneusement que tout autre le tempérament d'un malade imaginaire ; la chaleur de son sang , la direction que peuvent prendre ses esprits vitaux, et craindre de changer une fièvre inquiète en délire :

» Plus fait douceur que violence. »

C'est la Charte à la main et dans son esprit qu'il faudrait chercher les matériaux de la digue à opposer à ce torrent impétueux,

Je continue. Pardon, lecteur, si je rêve ; je me laisse aller à mes idées, l'intention est bonne.

Lorsque les Chambres seraient constituées, que le Roi en connaîtrait les dispositions ; pour ne laisser aucune chance aux déclamateurs , pour rallier tous les esprits, pour convaincre la France entière de son respect pour ses sermens et de son intention immuable de la voir heureuse et respectée, Sa Majesté enverrait aux Chambres la proposition tant désirée et depuis si longtems attendue, de la première loi sur la responsabilité des Ministres, en un seul article à peu près ainsi conçu :

» A l'avenir tout Ministre qui présentera à

» l'une des Chambres un projet de loi qui
« pourrait porter atteinte à aucun des articles
» de la Charte constitutionnelle, ou à aucun
» des droits consacrés par elle, sera coupable
» de trahison et puni de la déportation. »

Cette loi promulguée à haute voix dans toutes les communes, ferait cesser à l'instant toutes les craintes, en confirmant à la nation entière que le Roi veut la Charte, toute la Charte, rien que la Charte, telle qu'elle.

Quel prétexte resterait-il alors, je ne dis pas aux intrigans, ils en trouvent toujours, mais aux opposans ? Aucun.

Supposez que le Ministère se refusât à la proposition de cette loi, le Roi lui dirait : Vous n'avez plus ma confiance, car j'ai juré la Charte, et je la maintiendrai.

Que le Ministère donne sa démission ou que le Roi l'éloigne, le Roi et la France sont satisfaits et d'accord.

Alors le Roi n'a point cédé à la voix de qui que ce soit, mais il a éprouvé ses ministres ; il a reconnu qu'ils étaient plus attachés au pouvoir qu'à sa personne et qu'à la Charte, et il les a remerciés.

Voulez-vous aller aux extrêmes ?

Supposez donc que, cette loi rendue, la Chambre des Députés persistât encore dans le refus de l'impôt, sous le prétexte du refus de la part du ministère des lois départementales et municipales, qui, suivant quelques-uns, doivent compléter DE SUITE le gouvernement représentatif sur toute l'étendue de la France.

Cette obstination démontrerait qu'il y a tendance à la démocratie dans quelques esprits.

Et bien, alors le Roi ferait suivre la loi sur la responsabilité des Ministres, d'une ordonnance motivée sur la sûreté de l'Etat, portant convocation extraordinaire des trois grands pouvoirs réunis aux sommités de la magistrature.

Les Magistrats étant inamovibles et indépendans, le Roi prouverait par cette adjonction, qu'il ne cherche et ne veut que le droit. Cette adjonction est nécessaire pour donner à l'autorité royale un nombre de votes égal à celui des deux autres pouvoirs.

Ce grand conseil de famille devrait prononcer sans désemparer, et se dissoudre de suite.

———

Serait-ce déroger à la Charte que de convoquer extraordinairement les trois grands pouvoirs de l'Etat en assemblée délibérante et volontiers en jury national ?

Serait-ce une mesure arbitraire, violente, un coup d'état redoutable, que de leur adjoindre les sommités de la magistrature ?

Certes, non. Chacun attendrait paisiblement et en silence la décision irrévocable de ce grand conseil de famille. Aucun ne craindrait pour son repos, pour sa liberté, pour ses propriétés ; le Charte ayant été de nouveau garantie par la loi sur la responsabilité des Ministres.

Là point de force armée, là point de crainte d'intervention des puissances étrangères ; mais l'élite de la masse éclairée de la grande nation réunie pour le maintien de la légitimité et de nos institutions ; la querelle de famille se terminerait dans le conseil de famille.

La convocation seule de ce grand conseil de famille ferait rentrer en lui-même tout téméraire qui aurait pu concevoir le projet de la république.

La France connaîtrait alors ceux qui n'ont d'autre point de départ que la légitimité, d'autre objet que le respect et l'obéissance due à la puissance exécutive, d'autre but que le maintien de l'ordre, de la tranquillité publique et de la Charte.

Je répondrai donc à la question qui m'a été adressée, que dans le cas où l'autorité royale et la Chambre des Pairs seraient en opposition violente avec la Chambre des Députés, le Roi aurait, pour base de sa conduite, le respect dû à la Charte et aux garanties consacrées par elle ; la sûreté de l'État qui lui est confiée comme ayant seul la puissance exécutive ; pour autorité l'article 14, qui lui donne le droit de rendre des ordonnances pour la sûreté de l'Etat, pour conseil la Chambre des Pairs et les sommités de la magistrature, et pour soutien la France entière, qui, d'après la loi sur la responsabilité des Ministres, le résultat de la séance du grand conseil de famille ne pourrait plus voir dans une opposition téméraire, injurieuse, inconstitutionnelle, que mépris de l'autorité royale, attentat à sa prérogative, à la Charte même et qu'achemineront à la démocratie sous le spécieux prétexte de la crainte du régime absolu. Ne serait-ce pas évoquer son ombre et vouloir lui faire repasser le Styx ?

Si par condescendance j'ai considéré notre situation actuelle sous ce point de vue qui attriste, qu'il me soit permis de la regarder sous une face plus consolante, d'autant plus rassurante, qu'elle est fondée sur la connaissance intime que nous avons tous du génie aimant et éclairé de Charles X et du caractère français.

Il fait erreur celui qui s'obstine à ne pas regarder la révolution dans ses extrêmes comme une comète politique qui approchant trop notre planette, a embrâsé les matières combustibles qui ont dévoré indistinctement le bon et le méchant en purifiant notre atmosphère, et qui en disparaissant nous a rendus à nous-mêmes, au repos, à la stabilité, après avoir ébranlé notre corps politique jusques dans ses fondemens.

Le Français n'a point dégénéré de son amour antique et inviolable pour ses Rois ; amour pour lequel il a toujours été renommé parmi tous les peuples du monde, et que la Charte, présent du Roi législateur, eût augmenté, si cela eût été possible.

Charles X, inébranlable dans ses sermens, s'il nous doit le maintien de la Charte, se doit à lui-même et à ses successeurs, pour notre propre intérêt de ne pas laisser porter la plus légère atteinte à la prérogative royale ; ce serait de sa part attenter à la Charte.

En dissolvant la Chambre dernière, Charles X a vengé comme Roi l'insulte faite à son autorité.

La nouvelle Chambre doit donc apparaître à lui et à la France, composée d'élémens différens de ceux qui ont été dispersés.

Il est aussi naturel que doux de penser que la nouvelle Chambre n'épousera pas le parti de celle qu'elle remplace ; qu'elle verra par d'autres yeux, jugera d'après d'autres règles. Elle sait par avance ce que le Roi a souffert, et comme Père et comme Roi ; elle sait que le vouloir affliger de nouveau serait un crime.

La Chambre dernière, je le répète, a été emportée par un mouvement irréfléchi, précipité, presqu'indépendant d'elle, en quelque sorte involontaire ; elle a cru l'honneur français blessé, et en fait de point d'honneur, le Français suit la chaleur du premier mouvement.

Il n'en serait pas de même de celle-ci ; un pareil attentat à la prérogative royale serait un attentat prémédité.

La Chambre nouvelle a d'ailleurs aujourd'hui, elle aura plus encore dans un mois ce qui manquait à l'autre Chambre, les actes et les faits du ministère Polignac. Elle sera à même de peser ses destinées, non plus sur des antécédens.

Charles X , petit-fils de Louis XII et du bon Henry, frère du Roi législateur, ne sait ce que c'est que de conserver le moindre ressentiment d'une offense.

Charles X veut et doit vouloir la plénitude de sa prérogative royale, pour voir la France heureuse et respectée ; mais en même tems, de même que Louis XVIII, Charles X est pénétré de ces deux maximes :

» Une autorité qui n'a de compte à rendre » à personne, est pernicieuse à celui qui » commande et à ceux qui sont commandés.

» C'est une voix digne de celui qui com- » mande d'obéir à la raison. «

Il était autrefois un homme riche, père d'une nombreuse famille : cet homme avait pris un nouvel intendant dont la réputation ne plaisait pas à quelques-uns de ses enfans appellés en ce moment au conseil de famille : aucuns semblaient craindre que la fortune commune ne fût compromise par la gestion de cet homme nouveau.

Ils se permirent donc, sans trop approfondir les motifs de leur père, de blâmer hautement son choix et d'une manière peu respectueuse.

Le père de famille les envoya planter leurs choux, et manda près de lui pareil nombre de ses autres enfans.

Ceux-ci plus sages et plus prudens, examinèrent d'abord la gestion de cet intendant avant de blâmer le choix de leur père.

Cet examen paisible et impartial ramena la paix et la concorde dans cette heureuse famille, dont quelques membres imprudens et trop vifs avaient un moment compromis la tranquillité.

Le conseil fini, chacun des enfans s'en retourna à son travail, en bénissant un père et si bon et si prudent, et en chantant, car dans cette famille tout finissait toujours par des chansons.

DES SUITES
DU REFUS DE L'IMPOT,

PAR MAITRE SWEDENBOURG.

Si les Membres de la dernière Chambre des Députés connaissaient les dangers et les inconvéniens qui pouvaient résulter du refus de l'impôt, ils ne se les figuraient pas, je pense, de la manière ni dans le sens d'un certain Swedenbourg, épiménide du 29.ᵉ siècle, qui par fantasmagorie a paru le 4 Juillet 1830, dans le journal du département de la Moselle.

Cette rêverie offense non seulement le caractère de l'autorité suprême et les principes reçus, mais encore le caractère national.

Je ne puis me retenir de répondre à ce songe creux.

Vous faites fort bien, M. l'auteur, qui que vous soyez, de donner à votre épiménide le nom tu-

desque de Swedenbourg ; car il ignore entièrement
notre histoire de France : faites la lui lire quand
il se réveillera de son somnambulisme, je vous
supplie ; il y verra que, le refus de l'impôt échéant,
ce ne serait pas la première fois qu'un Roi de
France manquant de fonds pour solder tout ce
dont se compose la hiérarchie exécutive, aurait
éprouvé la fidélité, la générosité, le dévouement
le plus entier ; que ce ne serait pas la première
fois que nul français n'aurait quitté son poste,
faute de paye, et ce précisément en raison de la
situation orageuse où se trouverait la Royauté.

La manière dont vous traitez de l'impôt, maître
Swedenbourg, est vraiment unique : on voit bien
que la Charte n'est pas de votre tems.

Vous dites d'abord que *l'impôt n'est pas un tri-
but*. D'accord. Qu'est-il ? Serait-il volontaire ?
Serait-ce l'effet d'une convention qui ferait mettre,
pour les besoins communs, par un chacun à la
bourse commune en raison de ses moyens fonciers
ou industriels ? A d'autres, il s'agit bien de cela.

L'impôt appartient, selon vous, non pas au Roi,
vous ne parlez de sa Personne sacrée qu'à la fin
de votre prophétie, et comment encore en parlez-
vous, grand Dieu ! *l'impôt appartient* donc *à l'administration, comme le blé appartient au labou-
reur, le vin au vigneron ; en un mot, l'impôt est
la propriété de l'administration.*

Vous n'avez pas fait réflexion que les propriétaires n'ont de comptes à rendre de leurs revenus
à qui que ce soit ; que l'administration est respon-
sable au Roi d'abord, puis envers les Chambres.

Puis vous dites à la fin, que *l'impôt est la vie
des nations :* je ne puis alors déduire autre chose
de votre systême, sinon, que l'impôt étant la
propriété des Ministres, nous sommes aux Minis-

tres ce que les Turcs sont à leur Sultan, nos biens, nos vies leur appartiennent. Où voulez-vous nous conduire? à Constantinople.

Oui, l'impôt est la vie des nations civilisées, c'est la bourse commune, c'est la circulation du sang dans le corps humain. Vous eussiez fait sagement de suprimer le reste et de vous en tenir là.

Je n'ai pas oublié moi, M. Swedenbourg, la distinction que la raison et le droit, sans parler de la Charte, ont mise entre le gouvernement du Roi et l'administration : je n'oublie pas l'article 14 de notre Charte; je n'oublie pas que le Roi gouverne par lui-même; que l'administration dont il s'entoure prend ses ordres; qu'il l'a nomme et l'a révoque à son gré. Que devient donc le Roi dans votre hypothèse malencontreuse, M. Swedenbourg? vous en feriez volontiers, je crois tout au plus un chanoine, *in partibus*.

Mon étonnement ne diminue pas lorsque vous dites que *celui qui refuse l'impôt n'est pas seulement un mauvais citoyen*, (je ne me doutais pas que M. Swedenbourg pût prononcer ce nom là,) *mais un spoliateur*. Vous eussiez pu dire un méchant sujet; mais comme vous faites l'impôt, non pas chose disponible entre les mains du Roi d'après le budjet des dépenses, mais bien la propriété des Ministres, vous avez voulu être conséquent cette fois là.

Qui jamais eût pensé que refuser de se dépouiller illégalement d'une partie de sa propriété, eût été spoliation.

Pardon, M. Swedenbourg, j'oubliais que dans votre tout à fait aimable hypothèse, les Ministres sont propriétaires de la France : elle en change assez souvent; pourriez-vous me dire qui paye à l'enregistrement les droits de cette mutation?

D'après ce que vous avez lu dans les *arcanes des destins*, au refus de l'impôt, tout disparaît en France, comme une décoration d'opéra, au premier coup de sifflet qui part de la coulisse.

L'Armée, la Maison du Roi, la Garde-Royale, la Gendarmerie, tout déserte, jusqu'au Douaniers. Pas d'argent, pas de Suisses.

Que deviennent, je vous prie, les armes; chacun emporte la sienne probablement? vous ne voudriez pas les laisser au ratelier, quand les frontières sont ouvertes, les places fortes dégarnies.

Et nos vaisseaux, vous n'en dites rien; les laisserez-vous rentrer au port?

Et de notre armée d'Alger? pas un mot : vous pensez sans doute avec raison que cette brave portion des Français n'a pas besoin de budjet, elle est en pays ennemi, et la guerre nourrira la guerre.

Les bureaux des postes sont fermés, aussi ceux du timbre, de l'enregistrement et des douanes. C'est dommage, ces Messieurs ne font que peu ou point de crédit, et c'était une jolie petite ressource pour vos Ministres propriétaires; mais en dépit de vous, oiseau de mauvais augure, ils prendront une prise ou fumeront; car l'impôt du tabac a été vôté pour six ans. C'est une distraction.

Les fauteuils des juges sont vuides à quelques exceptions près; mais les avocats plaident toujours, quand même. Je suis surpris que vous ne les ayez pas dispersés sur les places publiques et dans le forum pour haranguer la *jacquerie*. C'est sans doute pour donner, sans que cela paraisse, un petit coup de patte aux honorables membres de la Magistrature et du barreau, que vous avez daigné laisser quelques juges à leur poste.

Les geoliers ouvrent les portes aux prisonniers de toute espèce, malheur aux honnêtes gens. — Pas plus de garde nationale que de gendarmerie : à quelque chose malheur est bon, diront les détenus pour dettes, en franchissant la porte

Vous avez oublié les bagnes, M. Swedenbourg, il y avait pourtant là une belle et nombreuse recrue pour une *jacquerie*

Les rentiers pâles et blêmes se promènent tristement un sac vuide à la main. — Impitoyable Swedenbourg, vous ne leur accordez pas d'avoir pu prévoir cette affreuse crise et faire quelques économies.

Fort heureusement enfin, vous vous souvenez du Roi à la fin de votre apocalypse, comme Moïse fait ressouvenir Dieu de Noé et de l'Arche à la fin du déluge : mais, ô honte! je briserais ma plume si elle eût pu tracer un pareil tableau.

Ce Swedenbourg ne croit pas plus à la fidélité des Français, qu'aucuns fanatiques intrigans affectent de ne croire à la probité de Charles X.

Il ose dans sa lanterne magique, œuvre de ténèbres, nous montrer *le Roi enfermé seul dans son palais*, entre la France et l'Europe : heureux encore qu'aucun Ulysse, qu'aucun Diomède n'enlève ce palladium, dont la présence seule préserve la France du sort de la Pologne ; car, non seulement la Chambre des Députés, mais la Chambre des Pairs, la Maison du Roi, l'Armée et sa Garde si fidèles jadis, les gardes nationales, même celle du 30 Mars, tout enfin l'a abandonné : il me semble voir ce bon vieux roi Robert, sous le poids de l'excommunication du Pape, et auquel deux serviteurs impies osaient à peine donner à manger au bout d'une perche.

Ce qui me console, c'est que ce n'est point un Français, mais un Swedenbourg qui a osé supposer de pareils crimes et en imputer la cause à la nouvelle Chambre des Députés de la France.

Une cause aussi belle, aussi sainte que celle de la Prérogative Royale, repousse de pareils défenseurs.

Si vous m'en croyez, M. l'Editeur du Journal du département de la Moselle, vous ferez cadeau, à ce visionnaire, d'un vieux manche à balai, pour retourner au sabbat, où il a oublié sa raison ;

> A moins, Monsieur, qu'il n'ait l'espoir
> Que quelqu'Altophe pitoyable,
> A califourchon sur le diable,
> Aille en la lune la revoir.

Metz, 6 Juillet 1830.

Tout exemplaire qui ne portera pas ma signature, sera réputé contrefaçon.

Ne varietur.

Ancien Employé aux Armées.

A METZ, de l'Imprimerie de PIERRET, rue Fournirue, n.° 24.

9 782019 695132